Wenn "normale" Mensc
an ihre Kindheit zu erin
meistens ein schwarzes Bild vors Auge.

Sie wissen nicht mehr zu 100% was passiert
ist, noch weniger können sie detailliert
davon erzählen.

Manchmal fragt man sich ob die Dinge
wirklich so passiert sind oder ob es nur ein
Traum war.

Auf jeden Fall, kann keiner mit Sicherheit
sagen was er mit 11 Jahren gemacht hat z.B.
an dem 22.09.2008, Sonntag um 20 Uhr.

Und dann gibt es solche Leute wie mich.


Solche Leute, die ganz genau wissen was
sie in der Vergangenheit getan haben.

Die sich an jedes Detail erinnern, ohne

eine winzige Lücke.

Ich kenne jedes einzelne Wort auswendig was er je gesagt und nicht gesagt hat.

Ich erinnere mich an jeden einzelnen Moment, den wir verbracht haben, die schön waren und auch die, die weniger schön waren.

Gib mir ein Blatt Papier und ich zeichne dir jeden einzelnen Gesichtszug von ihm, jede einzelne Haarsträhne, jedes Detail seines makellosen Gesichts.

Stell mir jede erdenkliche Frage über ihn und ich beantworte dir alles, alles was ich weiß und auch die Dinge, die nicht mal er über sich selbst weiß.

Du fragst dich wer diese Person ist?

Er ist ein Lügner.

Ein grausamer Psychopath.

Er hat mich belogen und betrogen.

Er ist ein Lügner.

Aber ich liebe ihn. Seit 8 Jahren.

*Es war 2010.* Anfang des Jahres.

Ich wusste nicht viel über ihn, wir haben ein paar Mal geschrieben, online über diese Portale was man heutzutage gar nicht mehr kennt. Schon kam es zum Treffen nach nur einer Woche. Tiago war sein Name. Alles was ich wusste war, dass er 17 Jahre alt ist, portugiesisch und gutaussehend. Na ja in meinen Augen zumindest. Ich schrieb ihm per SMS ich sei da. Oh man. Ich war zu früh da. Wir haben uns vor meinem damaligen Lieblingsladen verabredet. Da war ich nun und wartete mit purer Freude und Aufregung. Was denn auch sonst? Mit meinen unerfahrenen 14 Jahren war es ja auch mein erstes Date überhaupt. Als ich mir nochmal die Haare schön machen wollte, sah ich im Blickwinkel einen großen Typen auf mich zulaufen. Er war gefühlte 3 Meter groß, sehr schlank und seine Haare waren fast länger als meine. Er trug ein schwarzes Outfit, stylisch und dennoch nicht all zu elegant. Dieser mega große Typ, dachte ich mir im Kopf, ist hoffentlich nicht mein Date. Er kam immer mehr auf mich zu und dann umarmte er mich. Diesel.

An seinem Geruch und diesem Parfüm erinnere ich mich bis heute.

Nach den ersten paar Minuten stellte ich fest, dass er doch ganz nett ist. Anfangs waren wir beide schüchtern, aber ich konnte mein Grinsen trotzdem nicht verdrücken, sowie er.

Sein Humor. Sein Lachen. Die Art wie er mich anschaute. Man könnte meinen er hätte schon viel Erfahrung mit Frauen gehabt. Aber daran wollte ich nicht denken. Ich war noch nie in meinem ganzen Leben verliebt gewesen. Er hatte schon was. Das gewisse Etwas. Es hat nicht lange gedauert, dass er mein Herz zum Rasen gebracht hat. Die Menschen um mich herum fanden ihn komisch. Er sei anscheinend hässlich und zu dünn. Komisch, dass ich das nicht gesehen habe. Ist das also Liebe? So fühlt sich das also an zu lieben und geliebt zu werden. Immer wenn wir uns gesehen haben, hatte ich dieses Feuerwerk in meinem Bauch. Jedes Mal war ich aufs neuste aufgeregt. Wie macht er das nur? Immer wenn er kam, war alles um mich herum plötzlich still. Ich sah nur ihn. Ich sah nur diesen Typen der grinsend auf mich zuging. Was passiert als nächstes? Was wird er sagen oder machen, wenn wir uns begrüßen? Er überraschte mich immer wieder aufs Neue, denn ich wusste nie was er als nächstes vorhat. Liebe. So fühlt sich das an.

Mein Vater war ziemlich wütend, als er rausfand, dass ich einen Freund hatte. Er war kurz davor mich zu schlagen. Er zerrte mein Handy aus der Hand und rief ihn an. Vor lauter Drohungen bekam Timo Panik und stimmte zu, mit mir schlusszumachen.

Ich schrie meinen Vater zum aller ersten Mal an „Nein, ich liebe ihn! Ich liebe ihn!"

Liebe? Weißt du überhaupt was du sagst! Du bist erst 14! Was weißt du über Liebe?!

Weinend ging ich in mein Zimmer und versuchte ihn anzurufen. Mehrmals und ununterbrochen. Erfolglos. Seine Mutter richtete mir aus, ich solle ihn in Ruhe lassen.

Es war nicht zu fassen. Es ist wirklich Schluss?

In der Nacht schickte er mir eine SMS und schrieb wie leid es ihm tut aber es sei anscheinend besser so.

Wir waren zwar erst 6 Wochen zusammen
aber er war meine erste Beziehung, meine
erste Liebe. Ich wollte es nicht wahrhaben
und weinte übertrieben die ganze Nacht,
unter meiner Decke.

Am nächsten Morgen stand ich vor seine
Türe. Er ließ sich von mir nicht mehr
umarmen und er hatte sich schlagartig
verändert. Er war kalt. Kälter denn je.

Es hat wochenlang gedauert bis wir wieder
Freunde wurden. Freunde, die sich jeden
Tag gesehen haben. Von Beziehung wollte
er nichts mehr hören. Ich stimmte zu, weil
ich ihn nicht verlieren wollte.

Ich habe nicht aufgehört ihn zu lieben, auch wenn er es so leicht konnte. Die Tage vergingen. Wir verstanden uns plötzlich viel besser als "Freunde." Alles war lockerer und witziger. Irgendwann fing er an, mir von anderen Mädchen zu erzählen. Ich unterdrückte meinen Schmerz und war immer für ihn da, wie eine beste Freundin. Es tat weh, wie er immer wieder von einer Mai redete. Sie war wunderschön. Sie war einer der schönsten Mädchen die ich kannte. Ich fing an, immer mehr an mir selbst zu zweifeln. Ich zerbrach förmlich daran, die zwei dabei zuzusehen. Wir verbrachten viel Zeit zu dritt und wurden alle sehr gute Freunde. Nur wussten sie nicht, wie dreckig es mir ging.

Mai war älter als ich, sie hatte eine bessere Figur und war natürlich hübscher als ich. Jedoch war sie eine eifersüchtige Person und hatte nach einer Zeit das Gefühl, ich würde ihr Timo wegnehmen, da ich mit ihm mehr gelacht habe, als sie es tat. Wir hatten nun mal denselben Humor, was Mai nicht hatte. Sie war öfters eifersüchtig. Krankhaft.

Nach einigen Monaten beschloss sie den Kontakt abzubrechen. Sie verbot ihm, mich zu treffen. So verliebt wie er in sie war, lies er mich fallen. Doch immer, wenn sie sich gestritten hatten, kam er zu mir um Rat zu holen. Ich war dennoch immer für ihn da. Irgendwann habe ich alles verstanden. Er hatte mich nie so sehr geliebt wie sie. Ich war immer nur die zweite Wahl.

Vielleicht... wollte ich es auch nie einsehen.

Ich beschloss den ganzen Kontakt abzubrechen.

Es war besser für mich. Ich muss schließlich irgendwie von ihm wegkommen. Irgendwann.

Ich war erst 14, ein kleines unschuldiges zerbrechliches Mädchen.

Ein Mädchen was noch kein einziges Mal die Hand des anderen gehalten hat, kein einziges Mal sich umarmen lassen hat, so fest, dass man den Herzschlag des anderen spürt.

Ein Mädchen was nicht wusste

wie es ist

geliebt zu werden.

Er fiel hinunter zu mir, wie eine Schneeflocke des kalten Winters, angekommen jedoch so warm, weich und so herzlich.

Allein bei dem Anblick seinen herzzerreißenden Lachen wurde mir schon bewusst

ich könnte nie auch nur einmal in seine grünen Augen blicken, ohne mir zu denken

dass ich ihn heiraten möchte.

Ich wusste nicht was Liebe ist. Ich wusste nicht was Liebe bedeutet.

Aber wenn ich heute zurückblicke, hatte ich Recht.


Ich will mein Leben mit ihm verbringen. Es hat sich nach 8 Jahren nichts verändert. Rein gar nichts.

Ich möchte ihn


und sonst - niemanden.

*4 Jahre später.*

Neben meiner Ausbildung machte ich Nebenjobs um mehr Geld zu verdienen. Unter anderem machte ich auch privaten Haushalt. Als ich vor der Tür von Herr X stand, wurde mir klar, dass mir die Gegend bekannt vorkam. Ich war hier schon mal. Schon öfters. Ich wollte es nicht wirklich wahrhaben und auch nicht weiter darüber nachdenken. Doch so neugierig wie ich immer war, ging ich die Straße hoch. Es war immer noch alles so wie vorher, es hat sich nichts verändert.

Sein Name. Ja sein Name stand immer noch auf der Klingel. Er wohnt also noch hier. Meine Hand war schon auf der Klingel und kurz bevor ich zitternd abdrücken wollte, lies ich sie doch fallen. Was mach ich nur da? Ich bin seit 2 Jahren vergeben und sollte nicht mal dran denken. Nein es war falsch. Voller schlechtes Gewissen fuhr ich nach Hause und versuchte nicht mehr daran zu denken. Doch in meinem Kopf war nichts anderes als Timo. Voller Fragen die ich ihm stellen wollte. Tausend Dinge schwirren in meinen Gedanken rum.

Und dann machte ich doch den großen Schritt. Ich schrieb ihm... Ich starrte die ganze Nacht auf mein Handy. Mir war irgendwie klar, dass er nicht antwortet.

Als ich dann dabei war mein Handy auszuschalten, kam die Nachricht. Es war positiver als ich dachte. Er scheint sich gefreut zu haben.


Wir schrieben die ganze Nacht.

Schnell wurden wir wieder gute Freunde. Mehr wollte ich auch nicht, denn ich war schon mit jemanden zusammen. Aber er machte mir schnell klar, dass er mehr als das wollte. Er kam mich fast täglich besuchen bei der Arbeit. Saß stundenlang rum und beobachtete mich, weil ich sonst nie Zeit hatte was zu unternehmen. Danach gingen wir immer was essen, redeten viel, lachten herzlich. Ja... es war wie damals. Doch er ist viel reifer. Viel charmanter. Er behandelt mich wie eine Frau und wir sind auf gleicher Augenhöhe. Seine Manieren waren auch perfekt. Eigentlich ist er immer noch so toll wie früher. Wenn wir zusammen Zeit verbringen, vergeht es so schnell, dass wir es nicht mal bemerken. Wir verhalten uns auch wie immer, wir müssen uns nicht verstellen, denn wir waren schon immer Seelenverwandte. Er gibt sich viel Mühe ein Gentleman zu sein. Und immer wenn er mir in die Augen schaut, während ich rede, verliere ich die Kontrolle über mich selbst. Das Funkeln in seinen Augen, dieses charismatische Leuchten überwältigt mich einfach zu sehr.

Die Wochen vergingen und er hörte nicht auf, mich erobern zu wollen. Kurze Zeit später machte ich mit meinem damaligen Freund Schluss. Nicht wegen Timo, sondern, weil ich festgestellt habe, dass er nicht das ist was ich wirklich wollte.

Ich fühlte mich irgendwie freier und unabhängig. Es war definitiv die richtige Entscheidung.

An einem Abend fuhr er mich nach Hause, es war schon spät und wir waren beide sehr müde. Vor meiner Haustüre sagte ich ihm noch, dass er mir mehr Zeit geben soll, da ich noch nicht bereit war für eine neue Beziehung. Er reagierte immer ziemlich traurig, wenn ich das erwähnte. Als wir uns zum Abschied umarmten, drückte er mich fester als sonst. Sein Diesel Parfum erinnerte mich an die alten Zeiten vor 4 Jahren. Da war ich noch diejenige, die um ihn kämpfen musste...

Und jetzt ist er derjenige, der mir täglich sagt, dass er nicht ohne mich kann. Dass ich seine Frau fürs Leben bin. In diesem Moment, war mir bis heute nicht ganz bewusst was ich mir dabei gedacht habe, aber ich schaute ihn an und unsere Lippen berührten sich. Es war kurz. Doch anscheinend so lang, dass es ihm ein Grinsen ins Gesicht zauberte. Ich war ganz verwirrt und rannte abrupt ins Haus rein, doch ich sah wie er sich freute, wie ein kleines Kind, dass endlich die Schokolade bekommen hat.

Seit diesen Abend, versuchte er mich immer wieder zu küssen. Er wusste, dass ich es auch wollte.

Irgendwann versprach er mir sogar, wenn wir zusammenkommen, dass wir nach Paris fahren. Die Stadt der Liebe.

Ich dachte mir nichts dabei, denn Männer reden für Gewöhnlich viel, wenn der Tag lang ist. Paar Tage nachdem wir dann offiziell zusammen waren, schrieb er, ich solle meine Sachen packen.

Am nächsten Tag soll es losgehen. Nach Paris.

Meine Reaktion war wirklich prizeless. Es war eine Kombination aus Freudensprünge und Freudentränen. Ich freute mich so sehr, weil ich nicht erwartet hätte, dass sich jemand derartige Mühe gibt, mich immer wieder zu überraschen. Es war nicht die Stadt, die ich so sehr liebe, sondern den Menschen, der alles ermöglicht, nur um mich glücklich zu machen. Über die ganze Fahrt hörten wir CRO.

Es war sozusagen unser Ding. 8h lang fuhr er alleine die komplette Strecke. Man kann sich vorstellen, wie sehr wir uns gegenseitig auf die Nerven gingen. Es war Hochsommer dazu noch. Ich wachte nach paar Stunden auf und sah wie er auf einmal die Fenster putzte. Es waren Millionen Fliegen auf der Scheibe. Ich lachte mich tot, während er die ganze Arbeit machte.

Das mag ich so sehr an ihm, er hat nie verlangt, dass ich irgendwas machen soll, er kümmerte sich immer um alles.

Mein Wohlbefinden bei ihm ist unbeschreiblich.

Er hielt alle Koffer von uns in der Hand, während wir verzweifelt das Hotel suchten. Sein Schweiß tropfte schon runter, aber er wollte dennoch der Starke sein bei dem schwülen Wetter von 40 Grad.

Als wir unsere Sachen im Hotel abgelegt hatten, kauften wir jede Menge Essen und gingen auch schon früh ins Bett, weil ich gemerkt habe, wie kaputt er war. Er schlief sofort ein, während ich noch hellwach war.

Das Gefühl von Zufriedenheit und Vollkommenheit befriedigte mich sehr, es war einfach schön neben so jemanden zu liegen und ihn anzusehen.

Ich weiß nicht mehr genau wann ich angefangen habe, ihn so sehr zu lieben.

Vielleicht da, als er anfing für mich zu kochen.

Vielleicht, als er mich jeden Tag von der Schule abholte, egal wie anstrengend sein Tag war, nur um mich kurz zu sehen.

Vielleicht, als er mich immer so anschaute, als wäre ich die schönste Frau in seinen Augen.

Vielleicht, als er jede verdammte Sekunde meines Lebens, zu den atemberaubendsten machte.

Es gibt nicht viele Worte, die diesen Menschen beschreiben könnten.

Denn er ist vollkommen p e r f e k t.

„Er ist nicht gut genug für dich. Er ist nicht reich genug. Er kann dir nichts bieten. Du kannst was viel Besseres haben."

Aber will ich das denn? Wer sagt, dass ich etwas Besseres, Reicheres, Schöneres haben möchte?

Er hatte vielleicht nicht viel Geld, aber er würde sein letztes Hemd für mich ausziehen, wenn es darauf ankommt.

Er sah vielleicht nicht gut aus, aber sein Herz, seine Taten, seine Liebe zu mir - ist alles was ich brauche um vollkommen glücklich zu sein.

Man ist nicht mit jemanden zusammen, weil man sein Geld, Aussehen, sein Besitz liebt, sondern den Menschen, der hinter all dem steckt.

Jemand, der dir viel Materielles bietet, ist nichts gegen jemanden, der nicht das Geringste besitzt und trotzdem alles gibt, nur um dir das aller Beste zu bieten.

Jemand, der versucht dir die Sterne vom Himmel zu holen, der sich selbst nie was gönnt aber jeden Cent für dich ausgibt.

Vielleicht konnte ich was Besseres haben ja,

aber in meinen Augen ist er bis heute,

das Beste was ich je hatte und je - haben
werde.

Jeder der mich länger kennt, weiß, dass meine Eltern mir täglich Druck geben. Seit ich reden kann, wurde ich mit Schlägen und größter Disziplin aufgezogen. Liebe? Davon verstehen sie nichts. Die Art Liebe was sie mir gegeben haben, war Geld. Sie sind emotionslos was das angeht. Sie haben sich nie wirklich für mich interessiert. Sie wollten immer nur, dass aus mir was wird. Ich sollte immer das machen, was sie sagen, dann waren sie zufrieden. Doch das was sie wollten, war ein Doktor Titel, ein reicher Mann... sie wollten aus mir eine Perfektionistin machen und noch viel mehr, was man sich nicht vorstellen kann.

Es war unmöglich sie zufriedenzustellen.
Sie kommen aus einer anderen Generation,
schon klar, Asiaten waren schon immer so.
So konventionell und strikt. Immer wenn
ich nach Hause kam, gab es Stress. Es sind
die kleinsten Dinge, doch sie finden immer
einen Grund mir den Tag zu versauen. Mit
so einem derartigen Druck habe ich jeden
Tag zu kämpfen.

Aber immer als ich bei ihm war... konnte
ich abschalten. Nicht ganz und auch nicht
lange, aber zumindest für einen kurzen
Moment war mir alles

egal.

Er sagte immer ich wäre die größte Nervensäge. Er sagte aber auch, ich würde ihm schrecklich fehlen, wenn ich mal paar Stunden nicht bei ihm bin. Wir waren wie ein Doppelpack, haben so gut wie alles zusammen gemacht, verbrachten so ziemlich jeden Tag miteinander. Ich war immer diejenige, die manchmal "Abstand" brauchte, weil er doch schon anhänglich war.

Ich kenne keine Person, die mir so ziemlich jede Minute sagt, dass er mich liebt. Ich kenne wirklich niemanden, der so viel Liebe gebraucht hat, wie er.

Und wenn ich jetzt nochmal könnte, würde ich meine damalige Denkweise ändern. Ich würde mir liebend gern nochmal anhören, wie sehr er mich braucht.

Ich würde jeden einzelnen Kuss erwidern.
Ich würde niemals Abstand brauchen.
Niemals.

Ich will alles nochmal besser machen.

Ich will alles mehr schätzen und jede
Sekunde ohne Reue nochmal erleben.
Sowohl die Guten als auch die Schlechten.

Und es stimmt wirklich, man will immer
das was man nicht mehr haben kann.

Es ist etwas Unerklärliches.

Wir haben angefangen uns immer mehr zu verstehen. Immer öfters zu lachen.

Wir haben angefangen uns gegenseitig nachzumachen, die Sprüche zu klauen und so zu reden wie der andere.

Wir waren wie Seelenverwandte.

Es waren keine Wörter nötig um sich zu unterhalten.

Wir konnten stundenlang reden oder stundenlang schweigen, es fühlte sich trotzdem gut an.

Es war so eine starke Verbindung zwischen uns, dass man sagte wir haben uns nicht nur in einem Leben geliebt.

Es war mehr als das.


Diese Liebe war außergewöhnlich.

Mit der Zeit durchschaute ich immer mehr seine Lügen. Ich wusste ganz genau wann er die Wahrheit sagt und wann nicht. Naja besser gesagt, wusste ich, dass 90% von dem was er von sich gibt, eine Lüge war.

Anfangs verstand ich nicht, warum er eine falsche Identität vorgab, einen falschen Namen und sogar, einen vorgetäuschten Job.

Je mehr ich ihn analysierte, umso schlauer wurde ich aus diesem Puzzle.

Er war nicht in der Lage sich selbst zu akzeptieren, er war nicht in der Lage sich selbst zu lieben. Denn er wollte sich meine Liebe erkaufen. Er dachte, er müsste reich sein um mir zu gefallen.

Ich versuchte ihn des Öfteren indirekt klarzumachen, dass er sich keine Sorgen machen muss.

Denn was er nicht wusste war, dass ich ihn schon längst geliebt habe. Egal ob reich oder arm. Ich liebte ihn für das was er war und nicht vorgab zu sein.

Doch leider hat er es nie einsehen wollen. Er steigerte sich immer mehr rein in die Lügen, er kam da nicht mehr raus.

Die Beziehung fing an sich zu Intrigen, Lügen und Spielchen zu entwickeln.

Nach jeder Trennung saß ich heulend mit meiner Schwester im Bett. Sie sagte auch immer nur die selben Worte, denn irgendwann wusste sie auch nicht mehr weiter. Doch sie war immer der festen Überzeugung, dass egal was passieren würde, wir uns wieder zusammenfinden. Denn wir waren wie Romeo und Julia. Unzertrennlich. Das wusste jeder, der uns kennt.

Zu dieser Zeit war ich wie ein Kind, das viel Zuneigung brauchte. Und er genauso.

Wir konnten nicht ohne einander.


Diese Abhängigkeit machte uns krank. Wir erstickten darin.

Manche sagen ich wäre verrückt. Ich wäre krank.

Krank ihn so lange

zu lieben.

Aber habe ich es nicht versucht? Habe ich nicht alles gegeben um ihn zu vergessen? Wie viele Jahre sollen noch vergehen?

Die Wahrheit ist,

Es gibt nur ein Mal im Leben,

die einzig wahre Liebe.

Nur einmal,

gibt es diesen Menschen, der wie gemacht für dich ist.

Der mit dir abends halb nackt auf dem Küchentisch sitzt und über Gott und die Welt redet. Der dich ins Schlafzimmer trägt, wenn du mal wieder eingeschlafen bist. Mit dem du sogar am Straßenrand sitzen könntest und ihr hättet den Spaß eures Lebens.

Der eine, der dir Rosen kauft, auch wenn kein besonderer Tag ist.

Der Eine,

den du jeden verdammten Tag sehen
könntest,

und jeden verdammten Tag hättest du
trotzdem Schmetterlinge im Bauch.

Dieser eine Mensch. Den gibt es nur einmal
im Leben.

Deswegen und genau deswegen - kann dich
keiner ersetzen.

Wenn ich nur zählen müsste, wie oft wir schon schlussgemacht haben. 30 Mal?

Das Schlimme ist nicht, dass es so oft war, sondern wie wir immer zueinander zurückfinden. Ich muss zugeben, damals war ich eine ziemliche Diva. Habe jedes Mal gewartet, bis er sich meldet. Nicht nur das, er sollte sich auch immer was einfallen lassen um mich zurück zu gewinnen. So sehr wie er mich damals geliebt hat, hat er sich auch echt Mühe gegeben. Mal waren es Rosen, dann Briefe, oder auch Schmuck, oh ja davon hat er mir oft was gekauft. An das eine Mal erinnere ich mich besonders gut...

Wir waren im Bett und ich spielte mit seinem Handy und ich merkte wie angespannt er war. Das war er immer, wenn es um sein Handy ging. Ich wusste, dass er mir etwas verheimlicht. Er speicherte ein Mädchen unter einem Jungennamen ein. Als er keine Erklärung dafür hatte, machte ich also wieder Schluss. Ich rannte raus und er mir hinterher.

Das tat er eigentlich jedes Mal. Doch an dem Abend wurde mir wieder klar, was für ein Typ er ist. Wie er einfach nie, wirklich nie aufhören kann, mir was zu verheimlichen.

Meine Tränen liefen mir über die Wangen, doch ich hörte nicht auf zu rennen. Ich versteckte mich und sah zu wie er nach mir suchte. Es war schon dunkel und kalt. Im T-Shirt raste er über die Straßen und suchte verzweifelt nach mir. Ich konnte es ihm ansehen, wie viel Angst er hatte. Angst mich zu verlieren.

Diese Straße war die Distanz zwischen unseren Wohnungen. Diese eine Straße. Und wenn ich heutzutage über diese Straße fahre, frage ich mich

was nur passiert wäre, wenn ich in dieser einen Nacht anders gehandelt hätte. Und eigentlich würde ich das gerne nochmal erleben.

Erleben wie es ist, den Drang in seinen Augen zu spüren, mich zu wollen. Mich aus tiefstem Drang nicht zu verlieren. Zu sehen wie er nochmal, das allerletzte Mal

alles gibt.

Ich liebte es, ihn anzuschauen.

Seine grün - braune Augen. Seine
unheimlich weichen Haare. Sein 3 Tage
Bart und dieses unverwechselbare Gesicht.

Sein Lachen. Ja sein Lachen.

Davon könnte nie genug haben.

Ich könnte nie aufhören ihn anzusehen.

Ich könnte nie aufhören, daran zu denken
wie ich über seine Lippen herfiel.

Wie ich ihn gebissen habe und er mich
trotzdem weiter küsste.

Ich könnte nie aufhören. Nie.

Es war fast täglich. Es war fast so als
würden wir uns immer nur weh tun wollen.

Es fliesten Tränen. Es sind Worte gefallen.
Worte, die man nicht zurücknehmen kann.

Sie sagten, wir sollen uns endlich trennen.
Diese Beziehung hätte längst keinen Sinn
mehr.

Ich würde schon jemand Besseres finden,
ich hätte was Besseres verdient.


Es ist wahr, dass wir oft unglücklich waren.

Es ist wahr, dass es oft schwierig war.


Doch hör mir zu Liebes.

Du gibst eine Liebe nicht auf, nur weil es nicht grade die schönste Zeit ist.

Du lässt jemanden nicht hinter dir, nur weil es nicht perfekt läuft.

Was ist schon eine perfekte Liebe? Existiert so etwas überhaupt?

Eine Liebe ist nie perfekt, denn wenn sie das wäre, wäre das Leben viel zu einfach. Und wann war es schon einfach?

Wenn alles so läuft wie wir es erwarten, wenn alles so funktioniert, wie wir es erhoffen, gäbe es dann überhaupt noch Herausforderungen im Leben?

Also hört auf an das Perfekte zu glauben. So etwas gibt es nur in Filmen.

Wenn du am Ende des Tages an seiner Seite bist, sein Herzschlag hören kannst und ihn immer noch anschauen kannst, nach all dem Ganzen.

Wenn du ihn immer noch so lieben kannst, mit all seinen Macken und Fehlern. Wenn du trotz all dem über alles hinwegsehen kannst.

Dann. Und erst dann - ist es Liebe.

Und wenn du das verstanden hast. Dann
Liebes, verstehst du auch warum ich ihn
immer noch so liebe.

Das ist eben Liebe- unerklärbar.


„Warum ausgerechnet er?"

Diese Frage stellen mir unzählige
Menschen.

Sie können nicht nachvollziehen, warum ich
es einfach nicht schaffen kann über eine
„normale" Beziehung hinwegzukommen,
neu anzufangen und die Vergangenheit
hinter mich zu lassen.


„Weist du denn was wahre Liebe überhaupt
ist?", frage ich zurück.


Wahre Liebe ist


bedingungslos, ehrlich, und ganz bestimmt
nur einmalig.

Sag mir, wo finde ich jemals jemanden, der nachts im Regen auf mich wartet, vor einer verschlossenen Tür, die ganze Nacht?

Zeig mir auch nur einen einzigen, der mich mehr schätzt als sich selbst.

Finde mir jemanden, der sich das Leben nehmen will, weil er ohne mich keinen Sinn mehr sieht, verzweifelt kurz davor ist, sich umzubringen.

Wo gibt es da draußen, auf dieser großen Welt, einen Menschen, der mir alles verzeiht ohne eine Sekunde nachzudenken, tränend, nur weil er mich zu sehr liebt?

Welcher Mensch würde je nur das Gute in mir sehen, wenn ich doch so viele Macken in mir trage?

Wer würde mich immer und immer wieder auffangen, obwohl ich ihn doch nur verletze?

Also hört auf.

Hört auf zu sagen, ich würde wieder so
einen finden.

Hört auf zu bestreiten, dass es einen
besseren gibt.

Hört auf mir weiß zu machen, ich würde
darüber hinwegkommen.

Weil das werde ich nicht.

Das werde ich nie.


Seine bemerkenswerte Liebe ist mit Nichts
auf dieser Welt zu ersetzen.


Genau so wenig wie er.

Wir hatten uns heftig gestritten. Dieses Mal heftiger als sonst. Ich habe wieder schlussgemacht.

Ich sagte wieder die Worte „lass mich in Ruhe für immer!"

Er zog mich wieder an der Hand. Er flehte mich wieder an, nicht zu gehen. Er versprach mir wieder, sich zu ändern.

Ich ging wieder, ohne nochmal zurückzuschauen. Wieder, versuchte er mich unzählige Male anzurufen.

Und wieder, machte ich das Handy aus.

Es war schon fast eine Routine, dieses Ganze.

Damals, da war ich noch jung. 19 Jahre alt.

Ich muss zugeben, ich konnte meine Wut und Ärger öfters nicht beherrschen.

An diese Nacht erinnere ich mich besonders gut. Denn er wartete die ganze Nacht vor meiner Türe. In der Kälte. Am nächsten Morgen war er krank, aber da war ich auch wieder an seiner Seite.

Wenn ich heute zurückblicke, würde ich vieles anders machen. Ich würde vieles - mehr schätzen.

Die Vorhänge waren zu. Das Zimmer komplett dunkel.

Schwarz.

Lange her, dass ich das Sonnenlicht gesehen habe.

Das schöne hoffnungsvolle Licht.


Tagelang. Fast Wochen. Lag ich im Bett.

Tagelang hatte ich kein Hungersgefühl mehr, keinen Tropfen Wasser getrunken.

Kein Wort habe ich mit jemanden geredet.

Lange her, dass ich mein Zimmer verlassen habe.

Weinend im Bett. Depressiv.

Wochenlang. All die langen Nächte.

Dachte öfters darüber nach, wie ich mich
einfach nur umbringen möchte. So schnell
wie es nur geht.

Mein Leben hatte nicht mehr viel Sinn.
Schon lange nicht mehr.

Keiner konnte mir so wirklich helfen,
keiner.

Ich wollte einfach nicht mehr. Ich konnte nicht mehr. So leiden. So Sehr.

Dieser Schmerz konnte mir niemand nehmen.

Niemand, außer er.

Manchmal. Da lagen wir nur im Bett rum. Es ist seltsam. Ich war nie der Mensch, der viel redet oder lacht. Aber es war egal wo wir waren. Wir hatten immer was zum Reden oder Lachen. Wir hatten denselben schwarzen Humor. Nicht viele verstehen ihn, aber er scheint das Beste in mir rauszubringen. Ich habe mir bis heute viel von ihm angeeignet, seine Witze, seine Sprüche...

ja das Lachen.

Es fehlt mir, von Herzen zu lachen. Einfach mal loszulachen aus der Seele raus. Manchmal. Da haben wir uns nicht mehr gekriegt. Wir sind auf den Boden gefallen. Ja, so witzig war er. Ich frage mich, ob er heutzutage noch daran zurückblickt. Denn wenn ich manchmal darüber nachdenke, fange ich nochmal an zu lachen und im selben Moment an, zu weinen.

Dieser Mensch hat tiefe Spuren hinterlassen. Spuren, die man nicht mehr wegwischen kann. Aber es ist okay.

Es ist okay traurig zu sein. Es waren unbeschreibliche Momente, die nicht zur Vergessenheit geraten sollen.

Denn das ist alles was uns bleibt. Das ist das Einzige woran wir festhalten können. Das ist das einzige was sich nicht ändert, wenn sich alles andere geändert hat.


Erinnerungen.

Es war dieses "vielleicht", was mich nicht ruhen lies.

Die Zeit verfließt wie der Fall eines Ahornblattes, der im Herbstwind hinunterfällt.
Es vergingen Monate und daraufhin die Jahre.

Immer noch an den Erinnerungen festhaltend kommt mir wieder und wieder der Gedanke, was wäre, wenn?

Händchenhaltend den warmen Weg des
Weihnachtsmarktes entlang, lachend...
als wäre nie etwas geschehen.
Vielleicht wäre alles anders verlaufen, hätte
ich ihm verziehen, nur dieses eine Mal

meine Augen zugedrückt.

Möglicherweise.
Vielleicht wäre ich nun glücklich. Vielleicht
möchte ich auch nur der Realität entfliehen.

Vielleicht, ja.

Dieser Gedanke - zerfraß mein Herz seit her
Tag für Tag.

Ich mache das Licht aus und setze mich aufs Sofa. Lasse noch einmal unsere Lieblingslieder laufen.

Gehe all unsere 2000 Bilder durch.

Lese mir jeden einzelnen Brief durch, die du mir je geschrieben hast.

Sag mir, wie kann es sein?

Wie kann es sein, dass es endgültig aus ist.

Wollten wir nicht zusammen alt werden?

Erinnerst du dich denn gar nicht mehr an unsere Pläne?

Wir wollten durch die Welt reisen.

Wir wollten noch so verdammt viel
zusammen machen.


Wir waren so jung und so verliebt.

Vielleicht war Liebe nicht genug.
Vielleicht waren wir nur Träumer.


Nur weißt du, was der Unterschied
zwischen uns ist?

Ich bin nie aufgewacht.

Diese Zeiten, wenn ich meine Kopfhörer aufsetze und diese Liebeslieder anmache.

Setze mich irgendwo alleine hin und starre den Himmel an.

Und dann spielen sich diese Bilder in meinem Kopf ab, wie wunderschön es damals doch war.

Wie sehr ich zurück möchte.

Wie sehr ich nochmal alles durchleben möchte, auch wenn es heißt, nochmal den Schmerz zu spüren.

Das ist es mir wert. Jeder Preis, den ich zahlen würde...

Es wäre mir so verdammt wert.

Wir waren einfach zu jung.

Wir waren zu jung, zu realisieren, dass wir
eigentlich füreinander geschaffen sind.

Zu jung, dass wir dachten es wird jemand
besseres geben.

Zu jung, um damit aufzuhören, den anderen
eifersüchtig zu machen.

Zu jung, über jede Kleinigkeit zu streiten
und danach zu stolz zu sein, um sich zu
vertragen.

Zu jung, dass wir dachten diese Liebe sei
nichts Besonderes.

Zu jung, alles als selbstverständlich zu
sehen.


Wir waren einfach so jung und so verdammt
dumm.

So verdammt dumm zu glauben,


es gäbe nochmal einen der so perfekt für
einen geschaffen ist.

Wir lagen nebeneinander. Das Licht aus,
unsere Körper völlig entblößt.

Fest umschlungen hielt er mich, während
ich ihm beim Schlafen zuschaute.

Ich ging ihm immer wieder durch seine
weichen Haare. Streichelte sein liebevolles
Gesicht, küsste ihn sanft auf seine zärtlichen
Lippen.

Manchmal fragte ich mich, wie ich einen
Menschen stundenlang ununterbrochen
anschauen kann, dabei nicht eine einzige
Sache finde, was ich an ihm ändern würde

Er ist einfach für mich gemacht, dachte ich mir grinsend.

Ich konnte alles spüren. Seine Nähe. Seine Wärme. Alles.

Aber wieso...

fühlte es sich so falsch an?

Kaum haben wir uns vertragen, sorgte ich mich schon darum, was morgen passiert. Wie er mich morgen wieder anlügt.

Wie er wieder Ausreden dafür erfinden wird. Wie ich wieder mit ihm streiten werde, wie wir uns wieder trennen werden und...

vor allem

wie wir uns wieder vertragen, weil ich nicht anders konnte.

Weil ich nicht anders konnte als wieder mein Herz erweichen zu lassen, sobald ich in seinen versprechenden grünen Augen blickte.

Sobald er mich anschaute, mir die ganze
Welt versprach, wie er sich ändern wird,
aber es nie in die Tat umgesetzt hat.

Aber ich wollte nicht weiter nachdenken.
Meine Augen wieder wässrig. Meine
Gefühle wieder zerbröckelt am Boden.

Dieses gewisse Bittersüße zog von meinem
Bauch zu meiner linken Herzhälfte hoch. Es
tat weh.

Es tat weh neben jemanden zu liegen, den man so sehr bei sich haben will, obwohl man weiß wie falsch das ist.

Obwohl man weiß, dass man sich von solchen Menschen fernhalten sollte.

Ich konnte ihn aber nicht verlassen- konnte ich nie.

Ich wusste was morgen passiert,
übermorgen oder auch der Monat darauf.
Ich wusste worauf ich mich wieder einlasse,

nämlich selbst daran kaputt zu gehen.


Vielleicht wird es nie mehr so sein wie es einmal war. Wird es nie.


Trotzdem blieb ich an seiner Seite.

Haben wir wirklich gedacht, wir würden nochmals so einen Partner finden, mit dem wir uns täglich streiten, jede Sekunde unseres Lebens uns necken und vor allem,

haben wir wirklich geglaubt, jemand anderes würde unseren Humor verstehen?

Denn es war unsere Art, unser Ding, ohne ein Wort zu kommunizieren, uns totzulachen, vor Lachen auf dem Boden zu fallen.

Wir waren die besten Freunde, die schlimmsten Feinde und die coolsten Partner.

Wir kennen alle unserer dunkelsten Geheimnisse, die schlimmsten und auch die schönsten Seiten an uns, alle Facetten die es nur gibt.

Wir wollten es nie zugeben, aber wir waren schon eine Art Familie, oder noch mehr als das.

Tatsache ist, egal wie schlimm die Streits
waren, egal wie sehr wir uns verletzt haben,
egal wie oft wir es beenden wollten


letztendlich wollten wir nur die guten
Momente sehen. Die unbeschreiblichen.


Wir blendeten alles aus.


Warum?

Einfach aus Liebe.


Denn wir haben uns zu sehr geliebt.

Für diese Liebe gibt es keine Wörter.

Denn sie war unglaublich stark,
atemberaubend schön


und zerbrach trotzdem.

Sie zerbrach trotz allem.


Wir haben uns einfach zu sehr geliebt.


Und zu sehr - verletzt.

*2015*

Es war noch dunkel, als ich morgens rausging zur Arbeit. Eine Sekunde später hörte ich hinter mir jemanden laufen, fast so als würde mich jemand verfolgen. Ich lief immer schneller.

Ich wollte mein Handy rausholen, dabei umarmte er mich von hinten. Vor lauter Schrecken schrie ich los. Aber es war wirklich er.

Es war ewig her.

Überrascht fragte ich ihn, was das soll. Er war schrecklich nass von Kopf bis Fuß. Er fror fürchterlich in seiner dicken Winterjacke, die er bis zum Kinn hochzog. Verzweifelt sagte er mir, wie sehr er mich vermisst. Wie sehr er mich braucht und liebt. Er drückte mir eine Box in die Hand, die ich erst ablehnte. Ich schaute ihn verwirrt an, denn ich hätte nicht erwartet, dass er um die Uhrzeit vor der Türe wartet,

nur um mir das zu geben- eine
wunderschöne Box mit Origamis, die er
beschriftete, mit Dingen die er an mir liebt.

Ich dachte mir, wenn ich ihm wieder
verzeihe, dann hat das Ganze kein Ende.

Ich ließ seine Hand los und stieg in mein
Auto.



Ich wollte nicht wieder weich werden.

Im Rückspiegel sah ich, wie er bei dem Gewitter auf die Knie fiel und unheimlich weinte. Er weinte so zutiefst wie noch nie. Ich brach sein zerbrechliches Herz... und zugleich - auch meins.

Finde jemanden, der die Hälfte von seinem allerliebsten Kuchen übriglässt, damit du den Rest essen kannst.

Jemand, der in der eisernen Kälte sein letztes Hemd auszieht, damit du nicht frierst.

Jemand, der losrennt, um ein Regenschirm zu holen, weil er Angst hat, dass du nass wirst.

Jemand, der nachts aufwacht, weil du seine ganze Decke zu dir gezogen hast und er dich trotzdem zuerst zudeckt.

Und wenn du ihn gefunden hast, versprich
mir

lass ihn nicht gehen. Lass ihn bitte nicht los.

Nicht so wie ich es getan habe. Und es ein
Leben lang bereue.

Ein Leben lang.

„Wie kannst du jemanden lieben, der dich belügt?".

Diese Frage, haben mir so viele unzählige Menschen gestellt.

200? 155? Ich weiß nicht mehr wie viele es waren. Aber es waren viele, mit denen ich über Timo geredet habe.

Jedes Mal, hatte ich eine andere Antwort drauf. Denn es gibt zu viele Gründe, warum ich diesen Menschen so sehr geliebt habe und es immer noch tue.

„Er ist wahnsinnig witzig."

„Er überraschte mich immer wieder."

„Er war perfekt, in meinen Augen."

Das waren die ersten Dinge die mir einfielen.

Es ist verrückt. Dieser Mensch, tat mir am meisten weh. Aber wenn ich sagen sollte, was ich nicht an ihn liebte, würde mir nichts einfallen.

Es gibt nichts Ausschlaggebendes, was ich an ihn ändern würde. Seine Lügen ja, die haben viel in mir zerstört. Aber ich sehe Menschen als Ganzes. Und sein Ganzes - ist flawless.

*2017*

Da war dieser Tag nun. Ich ging aufs Schiff
um ein halbes Jahr als Kosmetikern zu
arbeiten. Sie sagten, es wird hart, es wird
kein Urlaub. Ich wollte es trotzdem
versuchen. Alleine reiste ich zum aller
ersten Mal von zu Hause weg, für so eine
lange Zeit.

Ich kannte niemanden. Die ersten Tage verbrachte ich die Nächte nur weinend im Bett.

Ich habe gewusst, dass es schwierig wird aber nicht, dass ich so alleine wäre.

Doch es hatte was Gutes. Erfahrung.

Ich lernte viel über mich selbst. Seiten an mir, die ich davor nicht kannte.

Auf der anderen Seite der Welt, ist vieles anders.

Die Menschen, die Kultur, das Essen. Alles.

Ich beobachtete viel, denn ich hatte so eine Fähigkeit. Nämlich in Menschen durchzusehen.

Ich analysiere gerne und meistens auch richtig.

Nachts in meinem kleinen Bett, wenn ich dann endlich mal Ruhe für mich hatte, fing ich an zu schreiben.

Sprüche über ihn zu posten.

Weil unsere Liebe mich inspiriert.

Weil ich endlich mal alles rauslassen konnte.

Weil ich niemanden kenne, der wie ich, so lange jemanden liebt.

Dann war da dieser Sang, ein ziemlich guter Freund von mir. Er war immer für mich da. Er meinte ich könnte gut meine Gefühle ausdrücken, wenn man meine Texte liest, wäre man fast selbst dabei gewesen.

Also fing ich an dieses Buch zu schreiben.

Ich fing an, meine Kopfhörer aufzusetzen, die Musik aufzudrehen und zu schreiben.

Ich schreibe ein Buch, über einen Typ, den ich seit 8 Jahren nicht vergessen kann.

Ich konnte es selbst nicht fassen.

Aber ich war schon immer so spontan gewesen.

Wenn ich was umsetzen wollte, dann würde ich nie lange warten.

Und so wurde es zur Routine, jeden Abend schrieb ich eine Geschichte, was damals passierte.

Meine tiefsten Gefühle.

Meine ehrlichsten Gedanken.

Ich kam wieder zurück von meiner abenteuerlichen Weltreise.

Meine Schwester und ich gingen am selben Tag noch ins Einkaufszentrum um uns einen schönen Abend zu machen.

Verfroren nach dem Essen, gingen wir nun rein.

Ich hatte ein leichtes Stechen im Bauch, fast wie Schmetterlinge, nur dass ich nicht verliebt war.

Diese Aufregung hatte ich seit langem nicht mehr. Was ist nur los?

Aus dem Nichts sagte ich meiner Schwester "ER IST HEUTE DEFINITIV HIER".

Kann ich jetzt schon Hellsehen?

Ich war mir selbst nicht sicher warum ich das behauptete, aber dieses Gefühl hatte ich schon lange nicht mehr.

Mein Jetlag holte mich ein und ich sagte ihr, ich würde mich kurz hinsetzen, während sie kurz was kaufen ging.

In der Menschenmenge sah ich im Augenwinkel etwas Bekanntes.

Es war ein Pärchen. Sie hatten Einkaufstüten in der Hand und waren in der Eile.

Mein Herz schlägt immer schneller. Schneller. Bis ich erschrocken das sah, was ich nie sehen wollte.

Bevor ich überhaupt reagieren konnte, rannte ich los. Ich renne für gewöhnlich nicht.

Ich schrie zu ihr "KOMM SCHNELL!"

Ich rannte weiter, ging durch die Menschenmenge hindurch und stoppte paar Meter hinter ihm. Meine Augen wurden ganz groß, mein Herzrasen immer schneller. Mein ganzer Körper fing an zu zittern.

Ich fiel fast um. Ich traute meinen Augen nicht was vor mir stand.

Es war wirklich er.

Es war wirklich Timo, der seine Freundin an der Hand festhielte.


Für einen kurzen Moment,

hörte ich auf zu atmen.

Wahrscheinlich habe ich aufgehört. Ich habe aufgehört ihn zu lieben, aber ich werde nie aufhören die Zeit zu lieben, in der ich ihn geliebt habe.

*Ein Tag später*

Ich nahm mein Autoschlüssel. Stieg ins Auto ein und fuhr los. Ich wusste ganz genau wohin.

Diese Orte wo wir immer waren, alleine zu zweit. Zu all diesen Orten fuhr ich hin. Ich wollte nochmal spüren. Spüren wie es ist. Spüren wie es war - glücklich zu sein. Spüren wie es war - Spaß zu haben. Spüren wie viel Glück ich hatte - mit diesen Menschen, an meiner Seite.

Ich wollte mal wieder glücklich sein. Auch wenn diese Art von Glück nur von kurzer Dauer ist.

Ich stellte mir vor, wie es wäre, wenn er jetzt neben mir wäre. Ich stellte mir vor, wie wir rumalbern, kindische Dinge tun und wie verrückt lachen. Wenn er wieder mal etwas Unromantisches zu einem unpassenden Moment sagte, wie ich mich damals darüber aufgeregt hätte und im nächsten Moment wieder über ihn herfiel. Wie er mich von hinten umarmte, mich dabei zärtlich auf die Wangen küsste. Dieses Gefühl von Wärme und Liebe.

Dieses Gefühl von Vollkommenheit.

Das wollte ich noch einmal spüren.

Ich kann mir nicht vorstellen, wie du sie liebst.

Ich kann mir nicht ausmalen, wie du sie küsst, mit diesen Lippen, die eins mir gehörten.

Ist sie wirklich das was du willst?

Bringt sie dich genauso zum Lachen wie ich?

Kannst du mich wirklich vergessen?

Du sagtest, du willst dein Leben mit mir verbringen.

Du sagtest ich wäre die, die du nie vergessen wirst.

Die, die du niemals hinter dir lassen könntest.


Aber ich denke alles hat ein Ende.

Du hast dein Glück gefunden.

Du bist nicht mehr der alte, der noch ständig an mich denkt.

Du bist erwachsen geworden.

Dein Herz gehört letztendlich einer anderen Person.

Du wirst schon alles vergessen haben was zwischen uns war, oder?

Alles hat sich geändert.

Nur ich nicht. Ich bin immer noch die alte - wie vor 8 Jahren.

*Das Wiedersehen*

Dann stand er vor mir. War es wirklich er?

Träume ich wirklich nicht?

Es war so unglaublich unecht und so
verdammt echt.

Nach all diesen Jahren.


Wir schauen uns an als könnten wir es
selbst nicht glauben, dass es grade wirklich
passiert.


Er hatte sich null verändert.

Er sah exakt gleich aus. Immer noch so gutaussehend wie damals.

Er trug immer noch meine Uhr. Mein Ohrring, den ich ihm damals schenkte.

Er schaute mich immer noch so an wie früher, mit seinen unausstehlichen Blicken und doch vermittelt er mir wie sehr ich ihm gefehlt habe.

Seine Augen, die alles verraten.

Alles war so, wie es damals war.

Wir lachten. Wir redeten.

Nur eins war nicht mehr so wie immer.

Sein Herz. Sein Herz, dass längst jemand anderes gehörte. Er schien glücklich zu sein als er über sie redete.

So glücklich, dass ich es mich innerlich zerfetzte.

Dieses Stechen im Herzen, wenn es so unglaublich schmerzt. Ich ging, bevor er es merkte.

„Wie gehts es dir die Jahre? Arbeitest du immer noch so hart? Ernährst du dich gut? Hast du endlich zugenommen? Hast du jemanden gefunden, der dich mehr schätzt als ich? Bist du glücklich? Weißt du noch wer ich bin?"

Diese Fragen, die ich ihm nie gestellt habe.

Diese Fragen würden uns nicht guttun.

Denn ich kenne die Antworten darauf. Er würde sich glücklich darstellen, er würde sagen es geht ihm bestens ohne mich. Er würde sagen, er hat jemanden gefunden, die er mehr liebt als mich. Er würde sagen, dass ich ihn endlich in Ruhe lassen soll. Er würde sich umdrehen und gehen. Er würde mich nicht anschauen und mich auch nicht trösten, wenn ich weine. Denn sobald er weg wäre, würde er sich auf die Treppe setzen. Die Brille abnehmen. Es würde alles hochkommen.

Denn er kann mich nicht anlügen. Er könnte mir niemals ehrlich sagen, wie sehr er mich vermisst. Niemals könnte er das. Denn er weiß, das mit uns hätte kein gutes Ende. Er würde den Schmerz verdrücken und weiterleben, ohne mich.

Aber eins weiß ich dennoch.

Ich werde immer ein Platz in seinen Herzen haben.

## Déjà-vu

Es erinnert mich öfters an mich selbst.
Wenn ich meine kleine Schwester ansehe.

Wenn ich sehe, wie verwöhnt sie ist, wie
kindisch sie manchmal handelt... und vor
allem wenn sie ihren Freund manchmal
schlecht behandelt.

Es ist so als wäre sie ein Spiegel, die vor
mir, meine Vergangenheit abspielt.

Es gibt so oft Situationen, in der sie genau
so handelt wie ich damals. Ich sehe so oft
durch sie, was für Fehler ich gemacht habe.

Hat Timo deshalb genug von mir?

War ich ihm damals einfach zu viel?

Hätte ich ihn besser behandeln sollen?

Definitiv ja.

Wäre er länger geblieben, wenn ich anders
gewesen wäre?

Vielleicht.

Diese Fragen beschäftigen mich.

Es beschäftigt mich nicht nur, sondern ich wünschte mir jedes Mal, ich hätte anders gehandelt...

Hätte ich bloß mehr Verständnis gezeigt, wäre ich bloß nicht so dumm gewesen.

Ja. Wäre ich bloß besser gewesen, zu dem Menschen, der mir alles bedeutet hat.

Und manchmal beruhige ich mich, in dem ich mir selbst sage, dass jeder mal ein Kind war.

Und vielleicht muss jeder mal etwas verlieren - um zu begreifen was er verloren hat - um einfach erwachsen zu werden.

Würde er mich nur jetzt sehen, wie sehr ich mich geändert habe. Wie sehr er mich geprägt hat.

Die Tage nach dem ich ihn wiedergesehen habe, redete ich mir ein alles wäre okay.

Ich bin darüber hinweg. Ich kann darüber hinwegsehen.

Ich wäre sowieso besser als sie. Ich wäre sowieso schöner als sie. Immer wieder sagte ich alles wäre okay. Immer wieder bestätigte ich den anderen, es ginge mir gut.

Ich belog dabei nicht nur die anderen, sondern auch mich selbst.

Jedoch war ich so gut darin, dass ich es selbst nicht bemerkt habe.

Ich konnte weder essen noch schlafen.
Schob es auf die Periode. Ist doch normal,
wenn man mal schlechte Tage hat.

Aber es war irgendwie so, dass mir alles
egal wurde. Ich hatte auf nichts mehr Lust.

Dann an diesen einen Abend, da setzte ich
mich auf meinem Bett, sah mir wieder seine
Bilder an...

Da fing es wieder an. Dieses Stechen in meinem Herzen.

Ich schrieb Sang an und sagte ihm "Ich brauche dich, jetzt."

Diese Worte sagte ich schon lange nicht mehr, das letzte Mal war es vor 2 Jahren.

Meine Tränen wieder liefen mir über die Wangen, ich konnte es nicht mehr zurückhalten.

Ich konnte niemandem mehr was vorspielen. Es ging mir einfach scheiße. Ich hatte wieder einen Rückfall.


Es tat mir nicht gut ihn zu sehen. Es war mir nicht egal.

Er ist mir nicht egal.

Braucht jede Geschichte immer ein Happy
End?

Ich denke viele von euch haben gehofft,
dass wir wieder zusammen kommen zum
Schluss.

Dass wir uns irgendwie wieder zueinander
finden und ein glückliche Beziehung führen,
heiraten und vielleicht auch Kinder kriegen.

Dass ich über all seine Fehler hinwegsehe.

Dass ich ihn mir zurückhole.

Dass wir wieder so sein können wie früher,
ja so wie früher...

einfach uns wieder lieben

ein Leben lang.

Aber das ist okay.

Es ist okay, wenn das Ende nicht so ist, wie wir uns das vorstellen.

Es ist okay, dass alles nicht mehr so wird wie früher und es auch nie wieder so werden kann.

Es ist okay, traurig zu sein, so lange es sein muss.

Es ist okay, ihn mit jemand anderes zu sehen, so lange er glücklich ist.


So ist eben das Schicksal, es gibt uns manchmal nicht das was wir wollen, egal wie sehr wir uns das von der tiefsten Seele wünschen.

Egal wie viele weinende Nächte wir
heulend, schluchzend unter der Decke
verbringen, leise nach Hilfe schreien und es
trotzdem

keiner hört.

Egal wie oft wir von diesen Menschen
reden, der uns so sehr am Herzen liegt, für
den wir alles tun würden.

Alles und noch viel mehr.

Vielleicht ist es kein Ende, dass wir uns wünschen

aber nicht jede schöne Geschichte braucht ein Happy End um eine schöne Geschichte zu sein.

Sowie das Leben.

Ich traf eine alte Freundin. Wir redeten den ganzen Abend. So als wäre es erst gestern gewesen als wir auf dem Schulhof unser Pausenbrot geteilt haben.
Sie war mir schon immer sehr vertraut gewesen, sowie ich für sie schon immer eine große Schwester war.
Doch was das angeht war sie mir überlegen. Nachdem wir ununterbrochen alles aufgeholt haben was wir die Jahre verpasst haben, schaut sie mir in die Augen und war ganz ruhig auf einmal.
Sie hielt meine Hand und sagte: „Denise, du bist immer noch so verliebt in ihn wie damals. Wie damals als du 14 warst und jeden Tag von ihm geredet hast. Und jetzt? Jetzt bist du eine erwachsene Frau, hast so viel Unglaubliches erlebt.
Es hat sich so viel in deinem Leben verändert aber das

nicht.

Du bist immer noch so verschossen in ihn
wie damals.
Ich hätte nicht gedacht, dass deine erste
große Liebe dich bis heute verfolgt.
Und deine Augen. Sie funkeln immer noch,

allein, wenn ich auch nur seinen Namen
erwähne.

Du bist unglaublich."

Unsere Geschichte, unsere Liebe, unsere Vergangenheit

inspiriert mich.

Wenn ich zurückblicke, sind es die Momente,

die das Leben so lebenswert machen.


Es fasziniert mich, wie ein einziger Mensch

mich so sehr beeinflussen kann.


Wie seine Existenz, das Leben eines anderen

so sehr verändern kann

ohne es auch nur zu versuchen.

Es ist wahr, dass sie sagen man solle nicht
in die Vergangenheit zurückblicken,

denn sie hält uns nur auf.


Die Norm sagt uns jeden Tag aufs Neue,
unsere Zeit nicht zu verschwenden.

Wir sollen nach vorn blicken und nicht
mehr traurig sein über Dinge, die wir nicht
ändern können.

Doch hätte ich noch ein zweites Leben,

eine zweite Chance

oder könnte ich jemals die Zeit
zurückdrehen,


würde ich alles noch einmal genau so
machen.

Ganz genauso.


Ich würde bedingungslos noch einmal ins scharfe Messer reinrennen, ohne auch nur kurz darüber nachzudenken

obwohl ich das Ende kenne

obwohl es bedeuten würde

die Schmerzen über mich noch einmal ergehen zu lassen.

Ich will noch einmal alles erleben

nur noch ein einziges Mal spüren

nur noch ein aller letztes Mal wissen wie es
ist geliebt zu werden

von ihm.

Niemals möchte ich aus meinen Fehlern
lernen.

Niemals.


Womöglich war es die schmerzvollste Zeit
meines Lebens

es war schrecklich, ja


und dennoch so - schrecklich schön.

*>>A letter I never sent to him<<*

Danke, dass du nie die Geduld mit mir verloren hast.

Danke, dass du immer dein Essen mit mir geteilt hast, obwohl du danach gehungert hast.

Danke, dass du mir jedes Mal deine Jacke gegeben hast und dann gefroren hast, aber es nie zugeben wolltest.

Danke, dass du alles im Gange gesetzt hast um sicherzustellen, dass es mir gut geht.

Dass ich jeden verdammten Tag glücklich bin und dass du es jedes Mal aufs Neue geschafft hast.

Danke, dass du versucht hast für mich zu kochen, obwohl ich dir immer sagte, dass es grauenhaft schmeckt und trotzdem

nie aufgegeben hast.

Danke, dass du es so lange mit mir ausgehalten hast.

Ich weiß es war nicht einfach, war es nie.

Ich denke diese Worte habe ich dir nie gesagt, oder nicht oft genug.


Aber weißt du für was ich dir am Meisten dankbar bin?

DU hast nie den Glauben an uns verloren.

Nie wolltest du mich loslassen.

Nie hast du auch nur daran gezweifelt, dass es scheitern würde.


Ich danke dir, dass du immer an diese Beziehung geglaubt hast. Dass du nie aufgehört hast zu kämpfen.

Danke dass du mich geliebt hast - von ganzem Herzen.

Und es tut mir leid.

Tut mir leid, dass ich nicht früher
angefangen habe...

an uns zu glauben.

Ich habe den Glauben an Liebe verloren.

Ich habe den Glauben daran verloren,
jemals wieder zu lieben.

Ich habe das Gefühl vergessen, wie es ist zu
lieben und geliebt zu werden.

Die letzte Person, die ich liebte, für den ich
mein Herz öffnete, für den ich nächtelang
weinte und jetzt immer noch tue,

diese Person

ist schon seit 2 Jahren nicht mehr an meiner Seite.

Diese Person, ist schon lange glücklich mit jemanden, die nicht meinen Namen trägt.

Dieser Mensch, der mir versprochen hat, sein Leben mit mir zu teilen, bis ans Ende unserer Tage.

Dieser Typ, der meinte ich wäre sein Leben, noch viel mehr als das.

Bist du immer noch derselbe, der mit mir alt werden wollte?

Bist du immer noch der, der mir die Welt zu Füßen gelegt hat?


Diese langen Reisen, diese unvergesslichen Nächte, diese Autofahrten bis ans Ende der Welt und noch viel weiter.

Schau mir in die Augen und sag mir du hast
alles vergessen.

Sieh mich an und sag mir du hättest es
vergessen, als ich für dich da war, als jeder
andere dich im Stich gelassen hat.

Sag mir du hättest es vergessen, dass ich
dich schon geliebt habe, als du Nichts
hattest, ein Niemand warst, als die ganze
Welt gegen dich war, als jeder gesagt hat,
du wärst schlecht für mich, sag mir du hast
vergessen, dass ich trotz all dem,

nie von deiner Seite gewichen bin.

Nie auch nur eine Sekunde gezweifelt habe.

Bitte sag es mir.

Und deswegen habe ich den Glauben
verloren.

Deswegen will ich nicht mehr vertrauen,
mich fallen lassen um dann zu merken, ich
werde sowieso vergessen.

Vergessen von dem Menschen, den ich
mehr als alles andere geliebt habe.

Ja du.

Du warst Alles was ich hatte.

Alles was ich je wollte, viel mehr als ich je
gewagt hatte zu erwarten.


Du warst mein Traum. Mein tiefster
Wunsch.

Du warst Alles

für mich.

Wer weiß, vielleicht finden wir wieder zusammen.

Vielleicht wenn wir älter geworden sind, unsere Gedanken nicht mehr so hektisch.

Und dann wirst du der Richtige für mich sein und ich die Richtige für dich.

Denn jetzt bin ich nur ein Chaos in deiner Welt und du das Gift, zu meinem Herzen.

Du sagst meine Welt wäre besser ohne dich.

Aber weißt du, es wäre nicht meine Welt

wenn du nicht darin wärst.

Ich habe geglaubt, dieser Schmerz wird
schon vergehen.
Mit der Zeit und dem Wind das ganze
wegwehen, wohin es auch treibt.
Ich dachte ich würde alles vergessen, wenn
ich wegziehe, reise, in ein anderes Land, in
einem komplett anderen Kontinent.
Ich machte mir vor es wäre einfacher, wenn
ich mich mit Fremden umgebe, mich
zwinge jemand anderes zu lieben.
Aber lass mich aufhören, lass mich
aufhören uns allen und vor allem mir
was vorzumachen.
Mein Herz, es ist immer noch so schwer. So
schwer und zerbrechlich.
Nachts. Wenn es dunkel ist und ich alleine
im Bett liege, da ist es am schwierigsten.
Ich wollte es nicht, aber mein Herz ruft
immer noch nach dir.
Es ist ein ständiger Schmerz, der von Tag
zu Tag nicht weniger wird, sondern mehr.
Sag mir nicht ich soll aufhören, alles hinter
mir lassen.

Ich habe schon alles versucht.
Ich habe alles gegeben.

Und ich habe auch schon immer gewusst,
diese Liebe, dieses Gefühl hält
- ein Leben lang.

Es vergeht kein einziger Tag...
Nein, es vergeht kein einziger Atemzug in
dem ich nicht an ihn denke.
Ihn vermisse.
Mir wünsche, für jeden Cent den ich
besitze, die Zeit zurückzudrehen.

Ich frage mich täglich, wo der Sinn des
Lebens besteht, wenn alles was mich je
glücklich machen würde, schon nicht mehr
da ist.

Der einzige Mensch, der mich zum Lachen
bringt, sein Leben mit jemand anderes
verbringt.

Ich bin in einem Körper gefangen, in dem
ich mich schon lange nicht mehr lebendig
fühle.

Ich bin in einem Leben, was ich schon lange
aufgegeben habe.

Also worin besteht der Sinn?
Ich weiß, dass ich die einzige bin, die sich
selbst aus dem Elend retten kann.

Aber ich möchte nicht.
Ich möchte nicht die letzten Erinnerungen
loslassen, die mich wenigstens noch dazu
bringen jeden Tag

aufstehen zu wollen.

*Sister talk*

Wir warteten alleine im Café auf unsere Mutter. Sie kümmerte sich um den Anschlussflug, da dieser verspätet in Shanghai ankam.

Die Stunden waren nicht einfach zu überbrücken, es dauerte ewig... sie ließ uns gefühlte 3h alleine.

Da wir nichts zu tun hatten, planten wir schon mal den Geburtstag von Dani. Der Freund meiner Schwester.

Sie wollte ihn liebevoll überraschen mit einer Party, seine engsten Freunde, es sollte der schönste Abend für ihn werden.

Ich gab ihr Tipps, Vorschläge und half ihr bei der Vorbereitung. Wenn ich was kann, dann war es die Kreativität frei im Lauf zu lassen.

Meine verrückten, spontanen Ideen haben uns bis jetzt noch nie enttäuscht. Einer der wenigen Dinge, die ich selbst an mir mag.

"Was war eigentlich das Schönste, was Timo dir jemals geschenkt hat?", fragte sie mich aus dem Nichts.

"Hm..."

Diese Frage lies ich ganz langsam in mich hinein. Es spielten sich sofort Bilder ab. Ich sah alles vor mir.

All die wundervollen Jahre.

All die atemberaubenden Momente.

All diese Worte, Briefe, Texte

die so unglaublich traumhaft waren und dennoch zu schön

um wahr zu sein.

"Das Schönste..."

"Das Schönste, was er mir geschenkt hat

kann man nicht kaufen, besitzen oder
stehlen.

Das Schönste, ist seine Zeit, welches er mir
jede freie Sekunde widmete

seine liebevolle Mühe, die er in alles steckte
um mich glücklich zu machen

seine überwältigende Art, ALLES und
JENES für mich zu tun.

Das Schönste, sind nicht die
materialistischen Dinge, sondern, dass es da
draußen einen derart selbstlosen Menschen
gibt, der dir das Gefühl gibt


das Wertvollste, Vollkommenste in seiner
kleinen Welt zu sein.

Ich könnte dir niemals flüchtig in einem
Satz beantworten, was das Schönste war.
Denn das schönste Geschenk für mich, in
meinen 22 Jahren

war er."

Der Klang deiner Stimme ist schon lange verflogen.

Aber ich kann mich an jedes einzelne Mal erinnern, als du mir ins Ohr geflüstert hast, wie sehr du mich liebst.

Der Geruch deines Körpers, ist nichts anderes als das Diesel Parfum, an dem ich immer wieder rieche, nur um zu wissen wie es ist.

Nur um mich daran zu erinnern, wie es ist

dir nah zu sein.

Dein Gesicht, wenn ich es bildlich vor mir habe, mit verschlossenen Augen, ist immer noch so makellos.

Deine grünen Augen, wenn sie mich anschauten, als gäbe es keine andere Frau für dich, auf dieser Welt.

Ich weiß nicht was aus dir geworden ist. Ich weiß nicht ob du noch diese Dinge magst, die du einst gemocht hast.

Ich weiß nicht ob du dich verändert hast.

Alles was ich weiß ist, dass ich mich an alles erinnern kann

was du mal warst - unglaublich.

Schließ deine Augen. Leg dich hin und hör mir zu.

Und jetzt stell dir vor, du würdest ein erfolgreiches Leben führen.

Alles läuft gut, du hast alles was du willst.

Aber jedes Mal, wenn du nach Hause kommst, stellst du dir die Frage

Was mach ich eigentlich hier?

Warum bin ich nicht glücklich?


Stell dir vor, du liegst jeden Tag alleine, einsam in deinem Bett und dein Herz tut weh.

Es tut einfach weh, und du?

Du kannst es nicht aufhalten. Es schmerzt bis in die tiefste Seele.


Du kannst es nicht aufhalten. Du kannst es einfach nicht. Egal wie sehr du es versuchst.

Je mehr du es versuchst, umso mehr brennt es. Tiefer und tiefer.

Und dann gewöhnst du dich an diesen Schmerz. Du glaubst es zumindest.

Jeden Abend um dieselbe Uhrzeit am gleichen Ort, fängt es wieder und wieder an.

Du willst flüchten aber es bringt nichts.

Du willst dir dein Herz rausreißen damit es aufhört.

Keiner kann dir helfen. Keiner außer der, der das verursacht hat.

Aber du existierst nicht mehr in seinem Leben.

Du bist bedeutungslos für ihn.

Und mit dieser Erkenntnis tut es nur noch mehr weh.

Es zerreißt dich bis in die kleinste Sehne.

So fühlt sich das an.

So fühlt es sich an, wenn ich diesen Menschen vermisse. Tag für Tag.

Jede Nacht.

Jede verdammte Sekunde meines Lebens.

Was ich mit diesem Buch aussagen möchte?

Ich möchte Menschen inspirieren.

Inspirieren an die Liebe und der Ewigkeit zu glauben.

Zu glauben, dass man 8 Jahre lang bedingungslos lieben kann, 8 Jahre lang denselben Menschen vermisst und begehrt. 8 Jahre lang von denselben Menschen zu reden, zu träumen.

Jeden und jenes mit ihm zu vergleichen. Und jedes Mal festzustellen, dass keiner ihm das Wasser reichen kann.


Ich möchte mir selbst zeigen, wie sehr ich mal geliebt habe. Wie unglaublich verletzt ich war. Und dennoch so

verdammt glücklich. Wie viele Tränen ich vergossen habe und trotzdem war alles - so schrecklich schön.

Ich will ihm zeigen, dass ich es ernst
gemeint habe, ihn für immer zu lieben.

Wie ich nie wieder mein Herz geöffnet
habe, für jemand anderes.

Wie ich nachts immer noch weine, wenn die
Erinnerungen mich einholen.


Ich möchte ihm zeigen, dass keiner - keiner
ihn so sehr jemals lieben wird. Wie ich.

Dieses Buch zu schreiben, war kein leichter Schritt.

Ich musste alles nochmal durchleben.

Ich musste nochmals alles über mich ergehen lassen.

Denn ich weiß jedes einzelne Wort, jeden einzelnen Moment auswendig.

Mein Erinnerungsvermögen ist wie ein detailliertes Skript in meinem Kopf.


Hat er mich so gut manipuliert?

Wie hat er das geschafft, dass ich ihn so sehr liebe?

Ich möchte meine Geschichte erzählen.

Ich möchte, dass man anfängt an die Liebe zu glauben, auch wenn viele denken, dass sowas nicht mehr existiert.

Es ist egal, wie groß die Distanz ist.

Wie viele Jahre vergangen sind.

Wie viele unverzeihliche Tatsachen geschehen sind.

Es ist auch egal, wenn er schon lange jemand anderes hat.

Die Liebe hört nicht auf, nur weil der andere sich geändert hat.

Es hört auf, wenn alle Erinnerungen gelöscht sind.

Aber das wird nicht passieren, denn ich weiß alles noch ganz genau.

Als wäre es erst gestern gewesen.

Viele fragen mich, wie ich mir so sicher sein kann, dass er noch an mich denkt. Doch ich denke es ist mehr als das.

Wir hatten überwiegend schlechte Zeiten und vielleicht waren wir damals auch nicht reif genug.

Doch eine Sache ist sicher. Wir werden uns gegenseitig niemals vergessen. Ich werde immer in seinen Augen das kleine verwöhnte Mädchen bleiben. Die Tollpatschige Denise, über die er sich immer lustig macht. Das bodenständige und doch in seinen Augen hübsche Mädchen, in die er sich immer wieder verliebt, egal wie viele Jahre vergehen. Die eine Frau in seinem Leben, mit der er sogar am Straßenrand über Gott und die Welt reden kann. Die einzige Person, die all seine Fehler und Macken kennt und trotzdem ihn und wirklich alles an ihn liebt. Mehr als es sonst einer kann.

Und er wird immer "der eine" für mich bleiben. Der eine, dem keiner das Wasser reichen kann. Der Typ, der in der Lage ist, mich immer und immer wieder aufs Neue zu überraschen. Der einzige, der bereit ist alles für mich zu tun ohne jegliche Bedingung. Er wird es immer bleiben. Egal wie sehr ich versuche ihn zu vergessen.

Meine erste und letzte wahre Liebe. Daran kann keiner was ändern.

Nur mit ihm bin ich vollkommen. Nur mit ihm kann ich aus Herzen lachen. Nur mit ihm.

Wir werden es immer füreinander bleiben.

Der Grund warum ich alle Bilder gelöscht
habe und alles was er mir je geschenkt hat,
weggeschmissen habe ist... ich möchte nicht
daran erinnert werden.

Denn Bilder zeigen einem, auch wenn es
nur für einen kurzen Herzschlag war, dass
alles perfekt *war*.

Sie zeigen einem, dass man glücklich war.

Kein Ärger, keine Streitereien, keine Lügen

nur zwei Menschen, die sich in diesem
Augenblick über alles lieben und ihr Glück
gar nicht fassen können.

„Es ist mein 23. Geburtstag. Timo steht vor der Türe. Er hat Blumen dabei und einen Kuchen in der Hand. Er trägt die Jacke, die ich ihm vor 3 Jahren geschenkt hatte. Er küsst mich und wünscht mir alles Gute. Nachdem er den Kuchen bei mir abgestellt hat, zieht er mich aus dem Haus und wir fahren los.

Ich weiß nicht wohin und frage auch nicht nach. Denn ich bin viel zu beschäftigt damit, ihn anzuschauen.

Wir bleiben an der roten Ampel stehen, keine Sekunde später fallen wir übereinander her. Wir reißen die Klamotten vom Leib und küssen uns all die Jahre nach, die wir uns verpasst haben. Die Autos hinter uns hupen und machen Lärm, dass wir endlich losfahren sollen. Doch es interessiert uns nicht, alles um uns herum scheint wie stillgelegt zu sein. In diesem Moment gibt es nur uns. Nur uns.

Ich kriege nicht genug. Nein, ich beiße in seine Lippen, bis sie bluten.

Ich lasse es über mich ergehen, wie er jede
Stelle meines bloßen Körpers berührt.
Er erzählt mir, wie er mich all die Jahre
nicht vergessen kann. Wie er jeden Tag
hofft, mich zurück an seiner Seite zu haben.

Er holt eine kleine Schachtel aus seiner
Hosentasche, schaut mir tief in die Augen
und fragt..."

Wie schön es doch wäre, wenn das keine
Fantasie ist.
Wie schön es doch wäre, wenn es mehr
wäre als ein unrealistischer Tagtraum.

Diese Tagträume halten mich am Leben.
Es mag die letzte Seite sein. Aber es ist
nicht das Ende.
Das Ende ist noch nicht geschrieben.
Das Ende ist nicht jetzt, sondern der Tag, an
dem ich aufhöre diesen Menschen zu
vermissen.

Glaubst du an die Ewigkeit?

Herstellung und Verlag:
BoD - Books on Demand, Norderstedt
ISBN 978-3-7460-9140-2

9 783746 091402